風にまぎれて

金澤照子歌集

Kanazawa Mitsuko

青磁社

風にまぎれて＊目次

金澤照子歌集

風にまぎれて

花　心

菜の花は日ぐれの丈に靡きをりわれもならびて屈みてゐたり

縦横に町の名うたふわらべ唄迷ひの路地のくぐり戸さがす

夕鳥のおき忘れたる魂《たま》ひとつそこのみしろく花あかりする

さりげなき言葉なりにし別れきて漂ふごときやさしさにゐる

母と呼ぶうす暗がりの空間に戦げるものを閉ぢこめたりし

やすやすと夜の雑沓にまぎれゆきて足の先より汚しはじめぬ

われのため佇てる男を雑沓にかくし絵のごと透かし見てゐつ

線香花火火はふくらみて裂けざりき寡黙にあらむつぎの夏まで

父・娘・母・息・離《か》れ棲みて夜を光りゐる家族星座と呼びてみたりし

板ガラスのあふるる青をいくまいも縛りてありぬ春の硝子屋

時計草の花心ゆるゆるゆるもどされて何の記憶からうすれはじめし

われの睡りに傾く海の冥さはやおそらくはいま月欠けてゐむ

夏まひるあをき鏡を出でゆきて開きしままの噴水に遇ふ

いつせいに風船かづら鳴りゐたり夕べをくぐれ少女・子うさぎ

臘月

火の前に腕ぐみのまま睡りをり臘月のわが魂ふとる

ましろなる睦月つらぬき届きたる安森敏隆花文字の彩《あや》

色硝子はめられてありし扉《ドア》の家少女期の傷のごとくに遺る

わがうちにぜんまい時計ばらりんと解かれ視野一瞬に遥けし

汝《な》が眸《まみ》の夕凪の海青あをとわれも映さぬ船も映さぬ

粒粒《りふりふ》の光立つまで粥を煮る自愛とふほどにはあらねども

あたらしき時間《とき》の切り口みてゐたり白銀《しろがね》の電車過ぐる一瞬

無影灯にわが口腔を覗きゐる歯科医の背後のローランサンも

羽づくろひの気配に似たる時過ぎて子はゆつくりと立ちてゆきたり

見知らぬ神と棲みはじめたる子の眸《まみ》にけぶれるほどの哀しみを見き

湯は澄みて浴槽にしんと潜みゐき探湯《くかたち》の髪ばらり解けたり

むらさきの菖蒲をつつみくる真闇過去世に開く扉顕ちくる

あてど無き心に下りる時間《とき》の幕高架灯橙色に点る

巷ゆきて汝《なれ》と買ひ来しメロンひとつ夜の網目に捕へたるもの

大阪の街の春秋通過するさくらのみや駅のサクラ色のペンキ

線路沿ひの黒き道ゆく　歯科・ホテル・周旋屋　陰画《ネガ》より脱けたし

通過する電車の窓のひとつひとつわれを映して運び去りたり

現世

葛城山《かつらぎ》を背に負ひてゆく今木越え斉明に遇ふ建王に遇ふ

遠つ世のをとめの呼吸《いき》とすれちがふ吉野をさして今木越ゆれば

巨勢山を見つつ過ぎたりつらつらと胸にしおもき椿なりける

現世なれば大根畑を踏みてゆくもがりの洞《ほら》を覗かむとして

五位鷺の一声鳴きて渡りしと闇に目をあけ闇を見てゐし

うすら寒き時間《とき》を過ぎたり仁丹の大礼服にあかりが点《とも》り

物怪《もののけ》の応へは無きかざわめける温き闇夜に豆を打ちつつ

幼女期のよどめる記憶のうすあかり伯母が住みたる弥生色町

体内時計朝よりずれてゐたりけり駅の雑沓に丁髷と遇ふ

子が探る神の風景をさむざむと見つつをりけり断食その他

台所にわれも煤けて坐りをり壺の数きのふまたひとつ増え

唇《くち》のかたちの変化自在に弾かれしことばの行方　一日昏れそむ

落葉の季《とき》過ぎゆきて立つ公孫樹するどき象《きさ》をもち始めたり

月に睡る男の眼窩ふかかりし裡なる仏とまだ遇はざれば

晩秋の陽光《ひかり》ささへし万の葉の翳じわじわと地に沈みゆく

「を」のかたち坐れる母の膝に似るとなぞりつつゐるわが神無月

誕生日に女《め》の鳥いち羽購ひて互みに一日黙してゐるむか

梳る鏡のなかのわれに来てかさなりあへり亡母《はは》のしぐさの

幼子の足のとどかぬブランコをたどたど揺らす冬の日溜り

雉子

昼くらき厨の円座　姑《はは》と嫂《あね》・中将湯の姫も連なる

蕨・薇いましめを解きしなしなと闌けゆけば野の果てもあらね

熱湯のなか山独活ははげしくにほひたり誰にも遇はず山を下りしが

地に落ちてしばし咲きゐる夏椿あふむける花の匂ふ夕べや

とびたちし雉子の羽音のするどかり切られし風のあをく層なす

時計草花咲く坂の上までを急ぎゐる何ほどの事にあらねど

逆しまに尻毛を見せて潜りゐる水鳥の水輪岸にとどかぬ

留守の家の表札くらしあぢさゐの花ぼんやりと照らしをれども

小倉鍛冶町に鷗外の居を尋ねゐるなまなまと昭和の生垣あをし

杉群に入りゆけばやさしき韻きあり石仏らの私語もまじりて

しばらくをてふてふ舞ひて秋雨のところどころに灯りが点る

触《さや》ればぬくき掌と思ひ見てゐたりガラスのむかふにしばし振られて

建物の骨のごときが透けてゐしビュッフェの画きし街の夕光《かげ》

休日を出でゆく男びしびしと繋ぎしものを断ちきりてゐる

共に存りし記憶の滅びゆく頃かぬけがらのやうに置かれゐるシャツ

冬のアトリエ誰も居らねば吊るされし絵のなかの海もりあがりくる

空も鳥も鈍色《にび》なれば羽の縁《ふち》わづかに光《て》らし渡りゆきたり

灯暈

色紙の薔薇幾枚もいくまいも膝に折られて匂ひはじめぬ

身の奥処のかなしきものを吸ひあげて午后の掌しほからく在る

橙色の灯暈《ひかさ》のなかに佇ちゐしは亡母《はは》か一瞬の駅を過ぎたる

日常と非日常のあはひにて銀の匙に掬ひゐるぶだう菓子

大きなる鋸の刃のゆきもどり氷中に挽かるる夏のたましひ

時差の海を西へと渡る船冥し時空の闇を漂ひゐむか

身の量《かさ》を浴槽の湯にはかりゐる七糎ほどの寂しさと言はむ

北向きの窓にはめたる色硝子日を拒みつつ過ぎし歳月

瓶《かめ》の底ひに酸《す》を涌かせゐる青梅のひいやりとして夏はありたる

何の鳥か鋭き声の残りゐる闇にゆるゆる閉ぢらるる嘴《はし》

そこを渉ればわれわれの迷ひも斬られなむ刃《はがね》の色に逃げ水ひかる

草を撓はせ風に乗りゆく蜘蛛の飛翔羽なきものら常にせつなし

身がまへるかたちのままに果てゆきし蟷螂を夜の星座に探す

情《こころ》うすき夕べの風を吸ひしかな終着の駅に吐き出だされて

晩夏光の裾踏みしごと佇ちてゐるサルビア咲きて朱き北国

百合の蕊に染められし掌《て》を洗ひゐる誰の伝言ぞなかなか消えぬ

目翳して見てゐしは風景の裏側かも知れぬしんと寂しき

我へと地下階段を上りゐるきみよ昏色《くれいろ》の刻を抜け来よ

しきり降る黄葉のなかにふりむきて何か言ひしを聞き逃がしたる

山藤

閉ぢられて密かに滅ぶ語彙もあらむ書庫に降りくる春の塵埃

ふりむかず君はかた手を上げしまま段に消えたりその指先も

マロニエの淡きみどりに透かされて立ちのぼる噓しばし美し

巨き掌《て》に投げられし鳥のひと群が蒼き果《はた》てをすべりゆきたり

樹の洞《うろ》の耳のごときが敲てる糺《ただす》の森を急ぎ過ぎたり

昼間みし森を沈めて睡りゆくわれ一本の樹と化しながら

山藤の花の暗みをゆさぶりて過ぎゆく鬼の声風の声

「サイタサイタサクラガサイタ」その後を無言のままになべて散りたり

若き日のきみ埋めおきし空のあたり時折ふりてくる花のある

星墜ちて闇崩るると敧てし獣の耳の角度を追へり

坂をゆく目に白じろと流れしは何の花かも過ぎて思へり

われの内も蒼く染まりてなだれたり五月の風にどうと吹かれて

はつなつの風にのりゆく蝶ふたつほろほろほぐれまたまつはりて

火箭

日没の空に刺さりし飛行雲の火箭《ひや》のごときが昏れのこりたる

われの名を幼きままに呼びしゆゑ汝《な》が声ひと日耳に遊べり

鏡のなかにあまた開かれてゐる扉日常にあらぬ出口の見ゆる

きみもわれも旅人なれば黙しつつ今生の陽光《ひかり》身に浴びてゐる

桜花ふぶきはじめし下をゆく極彩色の地獄絵が欲し

曾根崎署の埃の扉を過ぎゆけりかの心中の調書はありや

熟れゆくもの何ももたねばごはごはと洗ひ晒しの木綿に睡る

きみよわが睡りのなかに堕ちてこよ真夜をさくらのふぶきてをれば

目薬の澄みたる壜に映りゐて柿の若葉は瞳《め》に雫せり

炎帝の呼吸《いき》やうやうに熄む頃か影のごとくに黒蝶舞ひて

罵詈雑言ほざきし唇《くち》に似合へりと蟹の甲羅をすすりて思ふ

針葉をつたひ流るる雨粒の磨がれて光と化すまでを見つ

羽を連ね西へと渡りゆく雁の列より解かれわが歩みをり

蛇の息の密けさに似るを愉しみてガス・ストーヴを隅に置きゐる

如月

忘れられし傘空席に運ばるる雁字搦に縛られしまま

柊の棘は夕暗《やみ》に溶けゆきてしるべも見えぬ鬼の境界

如月の木の芽うす紅に照りゐたり一人《いちにん》の死を透きとほらせて

椎若葉身にさやさやと鳴りいづれくぐりてやさしき死者にか遇はむ

木を沈め草を沈めて寡黙なる沼ありわれもひとりを沈む

梔子の蕾きりきり絞られて水無月闇に酸《す》をしたたらす

羅《うすもの》を裁ちし鋏をしまひゐる抽出は水底のごとき静けさ

地に咲ける向日葵を映しゐる宙《そら》かまほらに回る蒼き花影

若き夏は遠景にしてくらぐらとわれの舌錆びし匙にゆき遇ふ

鬼蜻蜓わが目の下を漂ひて刹那のひかり地にこぼしゆく

人逝きて終りとなりし秋の章ひとひらひとひら落葉ふりつむ

隠国

巡礼の鈴ふり行きし路ならむ古道に昏るる石の道標

右からや左きみゐる寺の道しるべ笹群鳴らし風わたりゆく

根の国の荒ぶる神の雄叫びを縹の色に閉ざす山襞

果無《はてなし》とふ山脈の時空ぬけゆかば縄文の国の見ゆるやも知れぬ

日輪はかすかに杉の秀を照らし隠国《こもりく》にあやしき昼過ぎむとす

巡礼の古道の昏れて白飯のごとく咲きたるママコナと遇ふ

死者の行く道とし聞けば熊野路の風に残れる声のあらむか

蔵王

風も雲もここより起ちてゆくならむ蔵王のあらき土踏みてをり

蔵王山の御釜の水面を渉りゆく遊び心の雲のひとひら

その昔火噴きし御釜はけだものの半睡のごととろり鎮まる

国境《くなさか》に跨りて立つ蔵王山けふは宮城へ雲はなちをり

五色岳の背《そびら》を破りほとばしる不帰《かへらず》の滝を胸に落としぬ

橅若葉ゆるがせて風の吹きぬける蔵王の笑ひし声かも知れぬ

こまくさは小さき花首もちあげて咲かむとすなり雲わく嶺に

山顚の吐きたる呼吸《いき》の二つ三つ雲となりては尾根を越えゆく

羚羊も熊も棲みゐる蔵王山に山菜採ると人も入りゆく

さくらんぼの実れる季節と行きあへり東根の里に美《うま》き風吹き

遠きとほき祖《おや》に遇ひたる思ひして夕空に巨き欅を仰ぐ

残夢

蟬しぐれ耳鳴りのごと韻きゐて日本の忌日を運びてゆけり

熱き身を泥に鎧へる牡鹿は咽喉《のみど》を上げて風を食みたり

五、六枚の落葉と坐りゐるベンチすぽっとらいとのやうな日溜り

金糸銀糸にわが身の秋を飾らむとすすきもやうの帯をあがなふ

惚けゐるは安らぎならむ日本の過誤を揚揚と生きし男の

老いし男の残夢にありて軍刀は煌煌と氷《ひ》の色を放つか

巨き樹は没日を背負ひ立ちてゐきレリーフのごとく兵らを透かせて

雷雲の腸《わた》のごときが鳴り響むわが受けし理不尽も打たれよ

目を閉ぢてまなうらの道を辿りゆき誰も居らねばまた目を開ける

人も哀し鬼も哀しと終りたる物語ひとつ灯の下に閉づ

手を展げヒコーキとなりて降下する風よいつかの子供のやうに

仮面

萌えそめし柳の枝を吹き上げて空にけぶらふ弥生さみどり

輪郭のほの見ゆるほどのわれならむ春の彼岸の視界に立てば

さんざめく天界のこゑ運びくる風なかにわれは花浴みてをり

荒あらと羽根咬みてゐるヤマガラス春の黄砂の風をぬけ来て

湿りたる夜の鏡の底ふかし女の仮面いくつか沈む

熱き湯に百足いつぴき殺しゐて咽喉《のみど》のごとくふくらむ厨

とび立たむ呼吸《いき》を始めしパラソルを手にしなはせて坂のぼりゐる

海に遊べるわかものの背より弾かれて砂のすこしが湯に潜みをり

坂の上より風吹ききたり錦木のびらびらと身を立てなほしたる

栃の新芽まだ固くして寒風に意志研ぐやうに光りはじめぬ

かかる孤独にあこがれし日のありしごと寒夜はりはりとセロリーを食む

花火

鳥に見ゆる風の標《しるべ》のなびきゐて時をり乱るる雁がねの列

冬花火照らす一瞬わが胸の骨のあはひをすりぬけし魚

ほの暗き厨にひそむ竈馬さらなる闇へ跳びてゆきたり

十二月の薄き夕照につつまれてビルは禾ほどの哀しみを吐く

照り翳りはげしき夕べ一瞬の朱色の日差し旗のごと過ぐ

白梅の一輪いちりん咲きつぎて納まりゆけり風の空間

雛の呼吸《いき》やよひの夜をしめらせて塩のごと重し古き家族《うから》ら

夏くると栃の青葉は展きをりびしびしと空へ放つ葉脈

遠き家の玻璃戸の光とどきゐてわがまならうらを青く灼きたり

半袖となりたる腕を被ひくる青葉の影のすこしつめたく

なまぬるく果汁は充ちてゆくならむ鈴なりの枇杷に雨つたひゐる

中空に銅鑼色の月はぶらさがり大暑の今夜《こよひ》なに始まらむ

Ｂ29の爆音いまも残りゐて奈落なすわが八月の耳

夜《よる》更けて熱きシャワーを浴びゐたりわれの負《ふ》ぶざまに滴を垂らす

古雛

きさらぎの空をひらりと飛ぶ鳥を攫ひそこねし風のてのひら

日昏れにはいささか早き月の出てやがて淡あはふくらみはじむ

この家に漂ふごとく春のきて緋の段上に古雛ならぶ

ひととせの暗《やみ》よりいでし古雛らそれぞれちさき唇《くち》をあけたり

同じ方へ傾きて咲く木蓮の力みちたる花のあやふさ

踊り子草地に紫の輪をつくり春の狂気の渦のごとしも

もろもろの兵器沈みて暗むまで視界・死界に吹く砂あらし

砂あらしに打たれし兵ら屈まりて身の裡にいかなる敵と対ふか

蠟をもて耳ふさがれてゐる思ひ口をむすびて炎天をゆく

雨落ちて水琴のごとも鳴りいづる夜闇のなかのマンホールひとつ

線香花火かすかに闇をはじきゐる昴りもなき夏の終りを

すすき野を風しろがねに渡るときわれを脱けゆくけものいつぴき

蟋蟀のとぎれとぎれのつづれさせ際限もなく地に沁みてゆく

紅き色すこし混りし亡母の衣《きぬ》ははの女も着継ぎてゆかむ

木蓮

たかき梢《うれ》のわづかな黄葉のあたりより烟のやうに降りてくる秋

唐辛子あかくちらちら覗きをりわれに意地悪き叔母のゐしこと

暖房のガスの音背に聞きてゐるおぼろに照るかわれの胸郭

日輪のまるき象《かたち》のほの見ゆる空を剝がして雪の落ちくる

刺すごとき寒夜の床に伝ひくる眠らぬ鳥のこゑはかすかに

若草山に焼けのこりたる穂すすきを燃やす煙や春かすかなり

雛の囃す楽の音ほどの哀れにて女の系譜につながれてゐる

沈丁花の香り不用意に吸ひこみし肺腑さむざむと夕ぐれのある

月の下に春は病みゐて木蓮の百の紙燭が庭にほの照る

反射光机の上に遊ばせてしばしの無為より今日を始める

東大寺境内町に夏あをし若き女の車夫と行きあふ

近づけば金属音の聞こゆるか蜻蜓は硬《こは》き翅を動かす

いささかの酔にたかぶり帰りくるドレスは青く月《ルナ》に染められ

賑はひの時間《とき》くぐらむと初売りの市に連れだち寒鰤を買ふ

球形

鶯のこゑは林を透りゆき蕾つぼみにふりかかりたる

たんぽぽの絮毛をつなぐ球形がぼんやりと春の深みに立てり

竹生島のあをき樹林は鳴りとよむ陣列なして湖上吹く風

雲ひくく地に石榴花こぼれをり杞憂に非ず緋の色を踏む

青葉かげ梅漬をするわが掌《て》より塩攪ひつつ動く亡《は》母《は》の手

夏ゆふべ風の運びし伝言は白く匂へる百合の唇《くち》より

八月の重き鏡に韻きゐるノイズにまぎれし天皇のこゑ

無表情にかの敗戦を通り来し少女期の闇を照らす八月

昼ふけの男の利鎌は律をもち束ねてゆけり草の炎《ほむら》を

国ひとつ滅ぶるときを思ひゐる昼餉に豆腐つき崩しつつ

われと蜥蜴ならびて坂を下りをり裏参道に人影も無く

日だまりの記憶の襞にまぎれゐて蘂しべほどに光るいちにち

満州の銀貨いち枚いささかの重みとなりて掌《て》の上の秋

蝸牛

あたらしき義歯ひとつ口腔にほの明る春夜の唇《くち》を閉ぢて睡れり

苦きもの風なかににほひ始めたり花一斉に開く先触れ

恐らくは動悸して咲きてゐるならむ若き桜に手触れてゆけり

蝸牛いづべに舞を納めけむ木の昏れあをく身を照らしくる

地球のどこかまた毀《こぼ》たれてゐるらしき冥府のごとく夏空暗む

誰も棲まぬ家となりたる物置に開かれしままの巨鋏《はさみ》立ちをり

皆既蝕は雲なかに全て終りをり中天にいでし円き月見る

滋味といふ言葉もろとも冷やしおく透きとほるまで煮たる冬瓜

甘く太りし梨たなそこにのせてゐる今しばらくは豊けき日本

待伏せをしてゐしごとき斑猫を日傘に入れて墓の道ゆく

凌霄花見つつ立ちをり時折を死者の眼と入替りつつ

目にも耳にも秋の気配の来ぬままにただ荒あらと過ぐる九月《ながつき》

衰へて歩める坂や時計草の青き残花をひとつ見て過ぐ

梨一顆ゆびを濡らしてむきてをり芯に鬱うつと棲むもののある

激しかりし一夏《いちげ》をはりて十月の風は身裡の澱を梳きゆく

秋深み構へはじめし樹樹の間は昼の施錠のごとき静けさ

晴天

冬の晴天かすかに動く翳の見ゆ人の頭上は常謀られて

うつそみの哀しみひそと降りたまり夕べ厨に塩しめりくる

冬の譜となりし野面や自づから光りはじめし穂すすきの立つ

音も無く夜を渉りてゆく黄砂降りくる闇の擦過傷あまた

行方不明の猫の写真を貼りしまま春の日ぐれに溶くる電柱

地の力誇示するごとく咲き盛る今年の桜花《はな》の色恐れをり

蓬生の葉うら翻る暮つ方うちなる母もしばし吹かれよ

砂丘《すなをか》に佇ちて見てゐる海のいろ海はわたしを見ることも無く

砂丘に散らばりて人ら遊びをりどこにまぎれしか崎陽子夫人は

（河村崎陽子氏を偲ぶ）

上りてはまた墜ちてくる噴水の惰性と言へど水はかがやく

夕あかり薄絹をまとふ少女らが魚のやうに群れつつゆけり

ま向ひてわれを狩らむかみづみづと伸び上りくる蟷螂の斧

異星動物の標本のごとも干涸びて蜥蜴いつぴき墻に死にをり

姑《はは》の残しし呪術の綴りを探しゐるざわざわと日食の近づきをれば

寒空

寒空を切りて飛びゆく嘴太鴉《はしぶと》の羽音にまじる骨の音聞く

雑念も白菜もふつふつ煮えそむる全て食ふべし独り居の鍋

巣に帰る順路ならむや葉をゆらし花を揺らして消えゆきし鳥

味噌汁に南瓜を入れて食ぶること習慣《ならひ》でありし亡母の冬至は

古き家族《うから》の大方は失せて薄日さすかの世この世の冬至の南瓜

瞬けばたちまち見失ふかとも風の木の間に繊月《ほそ》を見る

三人の家族《うから》の夕餉火の上にほのぼの紅き鮭が焼かるる

さしあたりその他大勢の役どころ商店街の灯にまぎれゐて

遡る鮭に韻ける流水の音はその身の果てたる後も

あふれゐる湯に身を放ちざんぶりと今日の仮面をひとつ流せり

「理由《わけ》あり」とふ安売り林檎を購へり卓上に身の上ばなしを聞かむ

天辺より徐々に見えくる桜木の総身を見むと坂登りゆく

満開の桜の下を踏み迷ふ行く先なべて岐れ道なる

病みやすき六月《みなづき》の身を吹き通れ夏越祓となさむ青風

児が画きし迷路パズルを解きゐるに出口なきものすこし混れる

鋭利なる刃物のごとも輝きて蜥蜴いつぴき道を横切る

今年こそ止めようと思ふ梅漬を水無月の亡母《はは》が手伝ひに来る

花舗

身を傷めこもれる部屋に日差し伸びわれの残生《よ》を食みはじめたる
ローランサンの気怠き色をまとひつつたち上りくる春といふもの

壜のかたちにとろりと立てるにごり酒この家にきたる春の戯《ざ》れ神

フラスコに水煮ゆるほどの悦楽か詩歌のことばに耽りてゐるは

花の呼吸に滲める花舗の灯火《あかり》過ぎわれは惑ひの時間《とき》に入りゆく

亡父《ちち》亡母《はは》を隔ててふぶきゐる桜愛されし記憶さむざむとして

身のめぐり縮小されゆく思ひあり　一椀の汁一切れの魚

あさきわが睡りの上を通過するあまたの星座よ駅のごとくに

田舎暮しの従姉妹が継ぎし祖母のこゑひわひわと村の夕べにそよぐ

他愛なき嘘かも知れぬ秋の掌《て》に君が残しし言葉ひとひら

休日の銀行の前　人往けば慇懃に自動扉のひらく

夕日

時計草はひそかに時間《とき》を刻みゐる何の兆しも無き蒼空《そら》の下

とびたちてまた戻りくる蜻蛉《しほから》の翅の角度は意志に輝く

日昏れがた花あからみし酔芙蓉「貴方《あんた》の連《つれ》」と夫に言ひゐる

蜩をたしかに聞きしと思ひしにうすき夕日の色のみ残る

衰へし身を養へと触《ふれ》ゆける夏の終りの風の伝言

逝きし人の旋律はいまもとどきゐてこの世の橋に散りくる紅葉

柚子の香のすこし残れる身を点し冬至の夜を睡らむとする

若きらと暮しはじめし身のめぐりカタカナの名の物が輝く

春はもう薄汚れして朝に飲む牛乳の滴カップを伝ふ

けたたましく車過ぎゆきもう一度肩より逃げし日差しをのせる

漠然と円きかたちを思ひゐる（心）なるものを空《くう》に描けば

雷の音は夜闇を渡りゆく縦横無尽に地を均らしつつ

花火ばかり延延と映しゐるテレビ時どきふたりの寡黙を照らす

夏の日の子供の室の野のにほひ閉ぢてゆくとき扉《ドア》はしなへり

遠き地に梨もぐ頃か夏空の底ひの光ややに翳ろふ

衰へて夏はゆくらし火のにほひかすかとなりしわれの掌

日輪

さくらさくらやさしき光こぼしつつ日本の空をぬけてゆきたり

花冷えとふ美しき日本の夜なれば薄ぎぬを頸に巻きて睡らむ

敵機《グラマン》に命狙はれしと指をさす池はどんより時世《とき》を沈めて

赤銅《あかがね》色の皿のやうなる日輪が春を乱して沈みてゆけり

移り来し街の秘密のごとも聞く暗渠の蓋より漏るる水音

木瓜の花紅ひと色にひしめきて迂回の道も穏やかならず

厨べに山椒の実を煮つつゐる家内にあをく風の立つまで

忽然と庭隅に咲きし曼珠沙華風に放たる一匙の毒

わが無為の時間《とき》を計りてゐるやうに蛇口の水のふくらみては落つ

柿色と名を負ひしゆゑ柿の実はその芯までをあかあか点す

湯浴みせる少女のうなじ匂ひたつ冬うすべにの果実のやうに

一片の汚れとなりて歩みをり透きとほりたる寒の舗道に

道真《みちざね》に身をなぞらへて嘆くゆゑ風切りてゆくわれの飛び梅

厨辺に割きておきたる白菜の芯立たしめる寒夜の力

白鷺

早苗田に白鷺いち羽佇ちてゐる誰か繰りゐむ農誌の間《あはひ》

梅雨明けて色の褪せたる紫陽花は夏の日常に溶けはじめたり

半夏生空より毒ふる言ひ伝へさらなる怖きモノの降る現代《いま》

八月の怒りのごとき日のなかを吃音残しとび去りし蟬

容赦なき日差しのなかに立ちてゐて欅はさやさや影の手を伸ぶ

濃く淡く稲田のみどり吹き頽くる風のとどきて日傘を煽る

暑ささへ身に従へてさはさはと泡だつやうに若きが歩む

脚たかき椅子にコーヒー飲む茶房身に合はぬこと増えしと思ふ

剪定を終へし樹木の吐きいだす呼気がにほへり夕闇のきて

穂すすきは月の光に鞣されてかすかに獣のにほひを放つ

籾殻を燃やす刈田に時雨きて低き煙を叩きてゆけり

鴉啼き柿の実の照る野の道に三十一文字を抜けられずゐる

生き残りバッタいつぴき薄ら日に虚しきものを尖らせてゐる

社より佳きこと徐々に降りくる秋の祭の笛の音にのり

西日背に坂のぼるとき映りくるわが影のため身を立てなほす

吊るしゐる玉葱の芽立ちゆらゆらと冬の影絵となりゆく隣家

梨の斑を星と詠みたるきみのうた顆《つぶ》はろばろと掌《て》に重りくる
（川口紘明氏を偲ぶ）

干柿

行けぬとて送りくれたる干柿をひとつ食うべてぽつねんと歳晩《くれ》

五位鷺の肩怒らせて佇ちてゐる家紋のやうな模様を背負ひ

綱の無きつな引く像の子供らは力の空《くう》を引きあひてゐる

葬祭の講習終りそれぞれがエンディングノートを持ちて散りゆく

ふたりゐて夜梅雨《よづゆ》の音を聞きてゐる交はす言葉をしばし留めて

はつ夏の風の苦さや青梅の小さきがあまた地にこぼれゐて

爆撃の炎《ひ》を美しと見たりしを老女ふたりのひそひそ話す

衰ふる視野を乱してあかあかと峡を照らせるきつねかんざし

とりとめなき会話《はなし》のなかに入りきてまた出でゆける見知らぬ男

行く先のミステリーとふバスに乗り泡のやうなる一日を終へぬ

色彩を費やすやうに咲きさかるダリアの園に十月のきて

逝きしきみはかの世にいかに在すらむ手紙のやうな枯葉いちまい
（花房雅男氏を偲ぶ）

小止みなく金木犀の花零るその下に地の傷あるやうに

八人の家族写真を撮られゐる遺影とならむ微笑密かに

わがのみし湯呑ひとつを洗ひゐてまこと小さき暗《やみ》を伏せおく

二十歳の身をひしひしと縛りゆく美容師去《い》にてきみは成人

風を切り飛礫のやうに鶲きて赤き実ひとつ急ぎ噉みゆく

紅梅

内陣の仄あかるごと紅梅のほつほつひらく枝のうちがは

妻ならばいかに惚れぼれ仰ぎ見む屋根葺く男の迅く無駄なき

常になき低空を飛ぶジャンボ機の春の不安を地に撒きてゆく

小さき鯛ふたつ並べて焼きてゐる気付くだらうか結婚記念日

窓ひくく揃ひの帽子並びゐてタンポポ色のバス発車する

木のやうに息をひそめて立ちてをり四十雀一羽わが影を踏む

衰ふるわれの歩みにふいに落ち青梅ひとつ先を転がる

さりげなく核の鞄を持ち歩く軍人まじる要人の群

霜月

医師の告ぐる覚悟とふことば秘めしまま共に見てゐる窓の紅葉

あらき呼吸に時を刻みて生きてゐる夫ゐて我ゐて霜月凝る

覆はれし夫と降りゆく地下の廊死ねば出でゆく通路のありて

一人《いちにん》の死の手続に追はれゐる身の哀しみは遠くにおきて

かの世にても一緒《とも》に棲まむと言ひしゆゑわれはちひさき仏壇を購ふ

すこしづつこの世のにほひ消してゆききみは遺影のなかに納まる

おづおづと確かめてゐる寂しさか独りの夕べに明かりを点し

寒風に煽られきたる雀らは身をふくらませ枝に実れり

きさらぎの桜の秀つ枝あからむを忌月《いみづき》了へし朝に気づく

終日を遺影の視野に暮しゐる小説《ほん》を読んだり昼寝をしたり

乾しぜんまい水にゆるゆる綻びて摘みたる去年《こぞ》の春にとどけり

桔梗

天と地の約束のごと冴えざえと夏の朝を咲ける桔梗《きちかう》

蜻蛉、蝶、蓮《はちす》の花と円き葉を紙に切りゐる初盆近く

盆くれば空耳となりて頷かむか夫のたてゐし室のもの音

新盆会蓮葉の上の彩りに主《ぬし》の嫌ひな甘薯ものせる

浄土出で大阪ミナミをうろつきて帰りくるかや初盆の日を

精霊となりたる夫を迎へをり新盆の日をわれは畏み

うすもののブラウス一枚濯ぎゐて花柄ひとつ手より逃しし

昼間見し明日香の里の曼珠沙華ひしひし赤し夢のなかにも

草壁も大津も室の名になりて並びてゐたり明日香の宿に

九月尽歯科より帰る裏道に佇むやうに秋の風すこし

怪《け》のやうに冬は家内に遊ぶらし枯葉の落ちる音など立てて

円陣

日の蔭に薊いつぽん戦ぎをり数多の棘を風に研ぎつつ

昆虫の葉を食むに似る静けさと一人の昼食《ひる》をひとり可笑しむ

主逝きし隣家の庭にみのりたる甘柿ひそと実を照らしあふ

病棟の長き廊下をゆらゆらと食のにほひに配膳車ゆく

逝きし人とわれの間《あはひ》に漂ひて今年の菊の白じろ匂ふ

夫逝きて情《こころ》薄らに過ごす日日去年も今年も若草山《やま》焼きを見ず

冬の力軀《み》に黙々と蓄へて公園の鹿ら円陣にゐる

短か日の昏れむとしたる陽の色を二上山《ふたかみ》の肩ごしに見る

「やあやあ」とほがらに頷く君のこゑ耳に留らせ目瞑りてゐる
（安森敏隆氏を偲ぶ）

上空に没日の光《かげ》は残りゐて無音の一機朱を曳きてゆく

十三歳きみの孤独を閉ぢ込めて大観覧車ゆつくり回る

梅、椿ならびて咲けり汲みあげし紅《くれなゐ》の色それぞれ違へ

矢じるしのかたちに飛機は明滅しおぼろの空を消えてゆきたり

歳月

碑の下に歳月の水滲みとほりやがては土に還るとふ骨

奥津城に骨を納めて帰りゆく振返るなとふ僧のことばに

春浅き墓山に夫を眠らせて帰りたる日の夜の寒さや

昏れてゆく空の余光と地の暗み区切りて立てり白き水木は

棘を厭ひ剪りし薊の起ち始む梅雨のなかの花の経緯《ゆくたて》

天井にゆらめきてゐる水の光《かげ》　金魚はひとり跳ねてゐるらし

はつなつの風に乗らむと家を出る遺影の笑みに投げキスをして

われと暮す日々に金魚は飽きてきて時折ひそと死んだふりする

銅鑼ひびく施餓鬼供養の村の寺夫の塔婆をひとつ掌《て》に受く

人と人つなぐ縁《えにし》の糸なると僧は天界の網を説きたり

夫の椅子に月の光を坐らせむ　洗米、里いも、すすきを飾り

若き人の歌集のなかにいりゆきて「街騒《まちさい》」といふ言葉に出遇ふ

欅葉は乾ける音に散り始む風にまぎれて来てゐたる秋

灰色の紙のやうにも見ゆる鳥意志を隠してとぶにあらずや

跋

清水怜一

金澤さんは高校生の時から歌誌「青炎」で歌を作っておられ、かねてよりご自身「領野」という短歌の会を主宰もされてきておりますが、昭和四十二年には安森敏隆、北尾勲、川口紘明、永田和宏、河野裕子といったメンバーとともに同人誌「幻想派」の創刊に参画されております。「あとがき」にもありますようにその後は昭和五十年には同人誌「異境」(昭和六十年終刊)に、また平成元年創刊の「PHOENIX」(十号で休刊)それぞれに主要メンバーとして歌を発表され、併せて復刊された「青炎」にも出詠してこられており、歌歴は実に七十年に垂んとします。

この第二歌集『風にまぎれて』は同人誌「異境」の最終号以降の、そして歌誌「玲瓏」等への掲載歌の中から纏められていますが、歌集中に〈短歌〉について歌った歌が二首あります。

フラスコに水煮ゆるほどの悦楽か詩歌のことばに耽りてゐるは
鴉啼き柿の実の照る野の道に三十一文字を抜けられずゐる

「水煮ゆるほどの」という見事な比喩に身のうちに詩歌のリズムに響き合い滾

る血潮をお持ちであったことが改めて納得させられ、また鴉の寄り来る「柿」の熟れた果実に金澤さんと短歌の関係がまことに象徴的でもあります。

歌集『風にまぎれて』の一つのそして大きなテーマとして、この世ではなくそこでこそ父母未生以前のとも言うべき自分という存在に会えるのではないかという異界への憧憬があるように思います。

例えば鬼の歌です。

柊の棘は夕暗《やみ》に溶けゆきてしるべも見えぬ鬼の境界
山藤の花の暗みをゆさぶりて過ぎゆく鬼の声風の声

金澤さんの歌の大きな特徴の一つに、心象を短歌に写す方法として〈象徴〉手法の卓抜さがあり、この歌では「鬼」という象徴を標べとすることによって作者の思いが普遍化されそのまま読者にも実感として共有させられてくるものだと思います。そしてその象徴手法が決して難解さを持たず一首一首がやさしく屹立していることもその特徴ではないかと思います。難しい内容が滞りのないリズムで直截に読者に伝わってくるのは長い歌歴ばかりによるものではないと思います。

幻視される鬼は作者自身でもあり、見えないものへの親近の思いは自らの過去世への追憶のようにも読めます。それは歌集中によく現れる「闇」や「暗」の世界にも重なるものだと思います。

むらさきの菖蒲をつつみくる真闇過去世に開く扉顕ちくる
五位鷺の一声鳴きて渡りしと闇に目をあけ闇を見てゐし
母と呼ぶうす暗がりの空間に戦げるものを閉ぢこめたりし

現し世よりも闇の世界に惹かれるこうした心象風景は死者への懐かしみや親炙へと繋がってゆき、現し世の自分という不確かさが死者の眼を通すことによって逆に明確になるのではないかという、先に述べたようにこれは一貫して金澤さんの追求してこられたテーマなのだと思います。

椎若葉身にさやさやと鳴りいづれくぐりてやさしき死者にか遇はむ

凌霄花見つつ立ちをり時折を死者の眼と入替りつつ
逝きし人の旋律はいまもとどきゐてこの世の橋に散りくる紅葉

同人誌「幻想派」には短歌結社「玲瓏」主宰の塚本邦雄氏の寄稿や批評会への出席もあった中で、氏から「ぞっとするものを持っているのにつっこみが足りない」と評されたことに大きな刺激を受け、この一言が以後の金澤短歌のあり方への大きな課題となったといいます。特にこのような一連の歌にはこの評への探求が結実しているのではないかと思われ、塚本氏の一言の重みに即応する受け手の真剣さが思われます。

そして、異界の広がりは現実世界と重なりながら、次の歌などにはむしろ癒やしの優しささえ帯びるようにも思われます。

日輪はかすかに杉の秀を照らし隠国《こもりく》にあやしき昼過ぎむとす
目翳して見てゐるしは風景の裏側かも知れぬしんと寂しき
日常と非日常のあはひにて銀の匙に掬ひゐるるぶだう菓子

そうした異界から現し世に抜け出ることによって真の自身に出会えるかも知れない扉は、つねに目の前にありながらついには辿り着けぬ出口でもあり続けます。

縦横に町の名うたふわらべ唄迷ひの路地のくぐり戸さがす
鏡のなかにあまた開かれてゐる扉日常にあらぬ出口の見ゆる
そこを渉ればわれの迷ひも斬られなむ刃《はがね》の色に逃げ水ひかる

こうした歌に重なるようにしておどろしいような歌もが散りばめられていますが、激しい情念は歌として形を持たせられることによって一種の安らぎを与えられたようにも読める歌だと思います。

姑《はは》の残しし呪術の綴りを探しゐるざわざわと日食の近づきをれば
湿りたる夜の鏡の底ふかし女の仮面いくつか沈む
木を沈め草を沈めて寡黙なる沼ありわれもひとりを沈む

戦前戦中の短歌への批判からの脱皮をそして文学としての飛躍を期すべく巻き

起こった前衛短歌の大きな流れに金澤さんの短歌人生も重なってきていますが、こうした歌を読むとき、歌壇の大勢が前衛の影響を多く受けながらも身辺日常詠に安んじていく流れの中にあって、これはむしろ金澤さんの生来の資質でもあったのでしょうが、日常の中にではなく生活の又自然の向こうに目に見えないものを据える目、すなわち永遠にも繋がる詩をご覧になっていることも金澤短歌のもう一つの大きな特徴だと思います。

わがうちにぜんまい時計ばらりんと解かれ視野一瞬に遥けし
台所にわれも煤けて坐りをり壺の数きのふまたひとつ増え
日没の空に刺さりし飛行雲の火箭《ひや》のごときが昏れのこりたる
上りてはまた墜ちてくる噴水の惰性と言へど水はかがやく

季節や自然も金澤さんの短歌の大きなジャンルですが、そうした事象を歌っても比喩は卓抜な譬えということに終らず、そうした対象の本質を目の前に提示されることに驚かされるものがあります。

瓶《かめ》の底ひに酸《す》を涌かせゐる青梅のひいやりとして夏はありたる
晩夏光の裾踏みしごと佇ちてゐるサルビア咲きて朱き北国
日輪のまるき象《かたち》のほの見ゆる空を剝がして雪の落ちくる

次の歌も、同じものを見ていながらようやく読者もそのことに気付かされるという歌で、やはり詩人としての洞察力なのだと思います。

沈丁花の香り不用意に吸ひこみし肺腑さむざむと夕ぐれのある
たんぽぽの絮毛をつなぐ球形がぼんやりと春の深みに立てり
満州の銀貨いち枚いささかの重みとなりて掌《て》の上の秋
蜩をたしかに聞きしと思ひしにうすき夕日の色のみ残る
遠き地に梨もぐ頃か夏空の底ひの光ややに翳ろふ

同じく季節を歌った、歌集名『風にまぎれて』にとられた歌を挙げます。

欅葉は乾ける音に散り始む風にまぎれて来てゐたる秋

季節の微妙な推移がやさしく歌われますが、一首にただよう哀愁の韻べには我が身の気付かずにいた秋がまさに卒然とそこに「来てゐた」としみじみ思わせられる歌だとも思います。

そして、巻末に近く「霜月」以降にご主人の逝去が歌われます。こうした歌にも夫の死に立ち会っている自身の悲哀を冷静に見つめているという、重ねての悲しみに一層胸を打たれるものがあります。

医師の告ぐる覚悟とふことば秘めしまま共に見てゐる窓の紅葉
あらき呼吸に時を刻みて生きてゐる夫ゐて我ゐて霜月凝る
覆はれし夫と降りゆく地下の廊死ねば出でゆく通路のありて

悲しみを抑えるような一連の結句、その結句の余韻が余韻で済まずにまた初句へと引き戻させられるという、こうした結句の見事さに驚かされますが、これはご主人への愛情が自ずと発さしめる表現なのだと思います。

すこしづつこの世のにほひ消してゆききみは遺影のなかに納まる

逝きし人とわれの間《あはひ》に漂ひて今年の菊の白じろ匂ふ

歌の取り上げようによって非常に偏った文章になりましたが、以上は金澤短歌のまことに一面に触れたに過ぎません。

（歌誌「ポトナム」選者発行人）

あとがき

『風にまぎれて』は、私の第二歌集です。

第一歌集『森と母と』を上梓したのは今から三十九年も前のことになります。人にはそれぞれ機運というものがあるのでしょう。私は八十路半ばにしてようようこの一冊を許されたのだと思いました。そして、過ぎた歳月のなかで十八歳に育った孫の珠里の絵が歌集の表紙を飾ってくれました。

もしかしたら『風にまぎれて』はこの絵を待っていたのかも知れないと思っております。

三九八首の作品は、ほぼ作歌年順にまとめました。

一九八五年の「異境」と「玲瓏」に発表した作品から収めています。やがて「異境」は終り一九八九年に「PHOENIX」が創刊されました。一九九〇年頃「玲瓏」から脱落した私は「PHOENIX」と一九九五年に復刊した「青炎」に作品を発表致しました。

その頃の作品は歌集の「火箭」に収めています。

「PHOENIX」は一九九九年に十号で休刊となりましたのでその後は「青炎」に発表し現在に至っております。


清水怜一先生には上梓にとりかかる前から何かと扶けていただきました。その上、お忙しいのを知りながらお言葉を下さいとお願い致しました。それは「幻想派」に始まり「異境」「PHOENIX」そして四年間の「ポトナム」に至るまでの私の作品を深く静かに見ていて下さったからです。

まことにありがとうございました。

それから、青炎の田中夏日氏をはじめ歌会や歌誌で私を励まし支えて下さった歌友の方々、またこの歌集を現世で読んで辛口の批評を賜りたかった幾人かの方々にも深く感謝しお礼を申し上げます。

歌集名は終りの頁の一首からとりました。

風にまぎれてきているのは秋だけでは無いことを感じ始めているこの頃ですが、せめて感性だけはしなやかでありたいと、そして私に内在している韻律をこの後も大切にしてゆきたいと希っております。

最後になりましたが、青磁社の永田淳氏には何かとご面倒をおかけ致しました。氏の若い力はとても心強くうれしいことでした。

もう何十年も前、河野裕子氏に電話をした時いつも電話口に出てかわいい声で取りついで下さったことが記憶に残っております。

そんなご縁がまるで何かの約束事のように今につながっているのだと思いました。

ありがとうございました。

二〇一九年　平成の終りの月に

金澤　照子

青炎叢書第二十三篇

歌集　風にまぎれて

初版発行日　二〇一九年六月二十一日
著　者　金澤《かなざわ》照子《みつこ》
　奈良市西登美ヶ丘六―六―七（〒六三一―〇〇〇六）
定　価　二五〇〇円
発行者　永田　淳
発行所　青磁社
　京都市北区上賀茂豊田町四〇―一（〒六〇三―八〇四五）
　電話　〇七五―七〇五―二八三八
　振替　〇〇九四〇―二―一二四二二四
　http://www3.osk.3web.ne.jp/~seijisya/
装　画　金澤珠里
装　幀　加藤恒彦
印刷・製本　創栄図書印刷

ISBN978-4-86198-429-7 C0092 ¥2500E